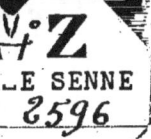

HENRI MAÏSTRE

VALENTIN HAÜY

ET SES

Fonctions d'interprète

SAINT-DENIS

IMPRIMERIE H. BOUILLANT

20, RUE DE PARIS, 20

—

1901

HENRI MAÏSTRE

VALENTIN HAÜY

ET SES

Fonctions d'interprète

SAINT-DENIS

IMPRIMERIE H. BOUILLANT

20, RUE DE PARIS, 20

1901

Extrait de la *Correspondance historique et archéologique*

(Année 1901)

TIRÉ A 100 EXEMPLAIRES

VALENTIN HAÜY

ET SES FONCTIONS D'INTERPRÈTE

La vie de Valentin Haüy, quand on ne considère en lui que le fondateur de l'Institution des aveugles et l'inventeur de l'écriture en relief, nous est connue par plusieurs études, dont les meilleures sont celles de P.-A. Dufau (1), de M. de la Sizeranne (2) et, pour le séjour d'Haüy en Russie, du Dr Skrébitzky (3). Il faut y ajouter une source très précieuse, et qui paraît n'avoir pas été connue de M. de la Sizeranne (car, pour le Dr Skrébitzky, en sa qualité d'étranger, il lui était permis de l'ignorer) : c'est une lettre inédite, de V. Haüy lui-même, écrite en 1820, deux ans avant sa mort, sorte d'autobiographie qu'a publiée Maxime du Camp, au tome V de son *Paris* (4).

Mais, à côté de ses fonctions d'instituteur et d'éducateur des aveugles, V. Haüy en exerça d'autres, moins nobles, si l'on veut, ou moins utiles : il fut interprète et traducteur « pour les langues étrangères. » Et, sous ce jour, il est presque entièrement ignoré.

---

(1) *Notice sur Valentin Haüy, créateur des procédés spéciaux d'enseignement à l'usage des aveugles* (Paris, 1844, in-8°).

(2) *Les aveugles, par un aveugle* (Paris, Hachette, 1899, in-16); pp. 59 à 111 : *Valentin Haüy et son œuvre*.

(3) *Valentin Haüy à Saint-Pétersbourg, d'après des documents inédits* (Paris, Noizette, 1884, in-8°).

(4) *Paris, ses organes, ses fonctions et sa vie...*, t. V, pp. 370 sqq. de l'éd. in-18 de 1875.

I

V. Haüy interprète du roi.

Né en 1745, à Saint-Just (1), il vint de bonne heure à Paris, « entra, par le crédit de quelques protecteurs, dans les bureaux des affaires étrangères, et y fut consacré, pendant plusieurs annés, à traduire les pièces officielles et les correspondances chiffrées » (2). Plus tard, en 1805, dans un mémoire adressé au préfet de la Seine sur des « moyens nouveaux propres, si l'on ne s'abuse, à étendre et peut-être même à perfectionner le service du Télégraphe » (3), il s'exprimera ainsi :

... L'auteur ne prétend point faire ici un étalage de ses faibles connoissances ; mais, pour inspirer quelque confiance dans ses procédés, il croit devoir prévenir qu'ils sont le fruit de trente-cinq années d'un travail continuel et opiniâtre dans différens genres d'occupation qui ont tous concouru à l'amener à ce résultat. En effet, après avoir étudié les Langues Latine, Grecque et Hébraïque, il s'est livré à celles qui jouent un rôlle (*sic*) principal parmi les modernes... Il s'est également livré au déchiffrement des écritures anciennes, de celles de convention, et aux abréviations ; il a cru ne devoir pas négliger la connoissance de la sténographie, de la patigraphie (*sic*), etc. » (4).

On le voit, V. Haüy devait être tout désigné pour faire partie du Bureau académique d'écriture lorsque Louis XVI, par lettres-patentes du 23 janvier 1779 (5), avait créé cette Société.

« Les Maîtres Ecrivains, disait l'article 10 de ces lettres, formeront entr'eux un Bureau particulier composé de vingt-quatre Maîtres, lesquels s'occuperont de la perfection des caractères de l'écriture, *de la connoissance des anciennes écritures et de leurs abréviations,* afin d'en faciliter le déchiffrement ; des opérations du calcul, relatives au commerce, à la banque et à la

---

(1) Auj. ch. l. de c. du dép¹ de l'Oise, arr. de Clermont.
(2) Dufau, op. cit., p. 5.
(3) En 1810, Haüy fait imprimer à Saint-Pétersbourg un *Mémoire historique abrégé sur les télégraphes en général et sur les diverses tentatives faites jusqu'à ce jour pour en introduire l'usage en Russie...* (in-8°). Cf. Dʳ Skrébiztky, op. cit., p. 4.
(4) Institution nationale des aveugles : autographes d'Haüy.
(5) Et non en 1772, comme le dit Thierry dans son *Guide des amateurs* (t. I, p. 433), qui donne, sur le Bureau académique et sur les fonctions qu'y occupait Haüy, des renseignements tout à fait erronés.

finance; de la vérification des écritures et signatures; de la Grammaire Françoise relative à l'orthographe, et des autres parties dépendantes de l'état de Maître-Écrivain. » Il devait être composé de vingt-quatre « membres, » de vingt-quatre « agrégés », de vingt-quatre « associés-écrivains et graveurs », et d'un nombre indéterminé de « correspondants-écrivains » (1).

Et de fait, V. Haüy fut nommé agrégé au Bureau académique d'écriture; il figure, pour la première fois en cette qualité, à l'*Almanach royal* de 1781 (2). La même année, à la séance publique du Bureau, il lisait un *Essai sur la nécessité de se livrer à l'étude des anciennes écritures* (3).

Deux ans plus tard, il postula le titre d'*interprète du roi*. Ce titre était commun à plusieurs classes de fonctionnaires (4) : les « lecteurs » et « professeurs » au Collège royal pour l'hébreu, le syriaque, l'arabe, le turc, le persan et le grec; — les interprètes attachés à la Bibliothèque du roi; — enfin, les « autres interprètes du Roi » qui ne faisaient pas partie du personnel de la Bibliothèque et dont les fonctions étaient purement honorifiques. C'est parmi ces derniers que V. Haüy sollicitait son inscription, dans ce mémoire qu'il adressa, le 3 juin 1783, à Amelot, et qui nous donne, sur ses occupations et ses travaux, d'intéressants détails que nous n'avons trouvés que là (5) :

Valentin Haüy a l'honneur de représenter à Votre Grandeur qu'après avoir fait ses cours d'humanités et de philosophie, avec quelque succès, dans l'Université de Paris, s'étant livré par goût à l'étude des langues étrangères, il est parvenu à en traduire plusieurs; que depuis 10 ans il travaille dans cette partie pour le service des avocats aux Conseils, notaires, banquiers et autres personnes pu-

(1) Nous avions à peu près terminé un travail sur cette institution, sur ses origines et sur ses transformations, quand nous avons appris qu'une monographie toute semblable, composée par M. A. Vidier, doit figurer dans le prochain fascicule, actuellement sous presse, de la *Bibliographie des travaux historiques et archéologiques publiés par les Sociétés savantes de France*.

(2) P. 523. De même, les *Almanachs* de 1782 (p. 529), 1783 (p. 536), et 1784 (p. 537).

(3) Cet *Essai* occupe les pp. 41 à 45 des *Mémoires et Eloge lus dans la séance publique du Bureau académique d'écriture... le 8 novembre 1781...* (Paris, d'Houry, 1781, in-4°). A la séance publique du 18 novembre 1784, Haüy donna lecture encore d'un Mémoire, mais *Sur l'éducation des aveugles* : c'est l'époque, en effet, de ses premières recherches sur cet objet. Il devait être bien aise de leur donner la publicité du Bureau, avec lequel elles n'avaient, d'ailleurs, aucun rapport.

(4) *Almanachs royaux.*

(5) Arch. nat., O¹ 609⁷.

bliques ; qu'il y a même été employé par M. l'abbé Duval, ancien rec-
teur de l'Université de Paris, pour des pièces relatives aux affaires de
son corps ; qu'à la connaissance des langues étrangères joignant celle
de leurs anciennes écritures et abréviations, et même la faculté
d'écrire les caractères modernes de quelques nations étrangères, cet
avantage non seulement l'a fait agréger par Mgr le lieutenant de
police au Bureau académique d'écriture pour cette partie, mais
encore l'a fait choisir en 1782 par les intéressés à la succession
Thierry, ouverte à Venise, pour déchiffrer et traduire sous les yeux
de Me Trubert, notaire, les testaments d'Athanase Tipaldi et de Jean
Thierry, écrits en italien : la première de ces deux pièces d'autant
plus difficile à lire qu'elle était gratée et altérée en 45 endroits différens (1).

Ce considéré, Valentin Haüy supplie Votre Grandeur de daigner
favoriser la demande qu'il se propose de faire au Roi, de l'agréer au
nombre de ses interprètes, à la place du feu Sr Bertera dont il est
l'élève (2) ; ou à l'une de celles dont il va faire mention ci-après : tant
sur la production des certificats qu'il joint ici, que sur sa soumission à
faire encore les preuves de capacité qu'il plairoit à Sa Majesté d'exi-
ger de lui.

Le suppliant se sent d'autant plus enhardi à former cette demande,
qu'il ose assurer Monseigneur que, des trois seuls interprètes (3) pour
les langues italienne, espagnole, portugaise et angloise annoncés dans
l'Amanach (sic) royal de 1783, pages 542 et 543, aucun ne se trouve
maintenant à Paris, ainsi que l'attestent les certificats de leurs prin-
cipaux locataires ci-joints, en sorte que le service public est aujour-
d'hui 3 juin 1783, absolument interrompu dans cette partie.

1º Le Sr abbé Blanchet demeure toujours à Saint-Germain (4) ;
et il renvoye lui-même le public à ses confrères ;

2º Depuis 18 ans le Sr Gerbault a disparu (5) ;

---

(1) Sur cette succession fameuse, qui, ouverte en 1676 par la mort de
Jean Thierry (ou Thiery), a suscité des procès et donné des espérances qui,
après plus de deux siècles écoulés, durent encore, voy. le *Catalogue des
Factums* de la Bibliothèque nationale, t. VI (sous presse), vº Thiery, et no-
tamment le *Précis de tout ce qui s'est fait et passé relativement à la succession de Jean Thiery* (s. l. n. d., in-4º, 14 pp.).

(2) Bertera est porté, sur l'*Almanach* de 1782 (p. 536), comme interprète
pour l'italien et l'espagnol. Il mourut avant l'impression de l'*Almanach*
de 1783, où il n'est plus nommé.

(3) C'était, Haüy va les nommer : l'abbé Blanchet, interprète de la Bibliothèque pour les langues italienne, espagnole et anglaise ; les trois autres
(car Haüy en oublie un), non attachés à la Bibliothèque, étaient Gerbault
(pour l'allemand, l'espagnol et l'italien), Pereire (pour l'espagnol et le por-
tugais) et l'abbé Defrançois (pour l'anglais et l'italien).

(4) Il s'y était retiré pour raison de santé.

(5) Nous ignorons ce qu'il devint.

3º Enfin le Sr Pereire vient de fixer son séjour dans les îles (1).

Le suppliant, Monseigneur, trop peu prévenu en sa faveur, et sentant toute la nécessité de s'étayer d'un mérite étranger pour se présenter d'une manière favorable, a l'honneur de prévenir Votre Grandeur qu'il est frère unique de l'abbé Haüy, nouvellement reçu à l'Académie des Sciences (2). Il fera plus : il appuiera sa demande de la puissante recommandation de M. le comte d'Angivilliers.

Pénétré de la plus vive reconnoissance dans l'espoir d'obtenir la grâce qu'il sollicite, il ne cessera d'adresser des vœux au ciel pour la conservation des jours précieux de Votre Grandeur.

HAüY, rue de Viarmes, nº 7.

La recommandation de d'Angiviller n'est pas au dossier, qui, d'ailleurs, en renferme une autre : celle du duc de La Rochefoucauld, depuis 1782 collègue de l'abbé Haüy à l'Académie des Sciences.

Bien que la place demandée par Haüy ne dépendît pas de la Bibliothèque, Bignon fut consulté par le ministre, à qui il écrivait, le 7 juin :

Il paroît, d'après les attestations produittes par le s^r Haüy, que l'on ne peut pas doutter de ses connoissances et même de sa capacité dans les langues italienne, espagnole, portugaise, et que vous pouvez avec confiance lui accorder le titre d'interprète du Roy. Je dis simplement le titre parce qu'en effet il est nud et sans aucun traitement. Il n'en est pas de même des interprètes de la Bibliothèque; ceux-ci ont des appointemens, attendu qu'ils sont dans le cas d'être continuellement occupés pour le service particulier de la Bibliothèque...

Une mention au haut de la lettre indique que le 20 juin suivant la réponse a été faite, le brevet d'interprète expédié à Haüy et que le duc de La Rochefoucault en a été avisé.

Enfin, voici la lettre de remerciement de Haüy au Ministre de la maison du Roi :

(1) Joseph-Rodrigues Pereire avait obtenu un congé de deux ans pour aller « au cap François, dans l'isle Saint-Domingue, pour des affaires de famille de la dernière importance ». (Arch. nat., O^1 609^7).

(2) L'abbé René-Just Haüy (1743-1822), simple régent au collège de Navarre, s'était, en 1781, fait brusquement connaître par ses recherches sur la géométrie des cristaux, et, « le 15 février 1782, l'Académie [des Sciences], dans son empressement à le posséder, le nommait presque à l'unanimité membre adjoint de la section de botanique ». (J. Bertrand, *L'Académie des Sciences et les Académiciens de 1666 à 1793*; Paris, 1869, in-8°, p. 400).

22 juin 1783.

Monseigneur,

Je m'empresse, suivant les ordres de Votre Grandeur, à lui accuser la réception de mon brevet d'interprète du Roi. Je dois ce titre à vos bontés, Monseigneur, et sans avoir l'avantage d'être ni Virgile, ni Horace, j'ai eu le bonheur de trouver en vous un Mécène. Daignez agréer le premier hommage de ma nouvelle qualité, ainsi que l'assurance de la vive gratitude et du profond respect avec lesquels je suis...

HAÜY, *interprète du Roi* (1).

L'*Almanach royal* de 1784 (2) mentionne donc, parmi les « autres interprètes du roi, » V. Haüy comme « interprète du Roi pour les langues italienne, espagnole et portugaise ». En 1785 (3), les mots « Interprète du Roi » font place à ceux-ci : « Secrétaire-Interprète du Roi et Interprète de l'Amirauté ». A cette nouvelle fonction d' « Interprète de l'Amirauté », nous voyons qu'en 1786, dans l'intitulé de son *Essai sur l'éducation des aveugles* (4), Haüy ajoutait celles d' « interprète de l'Hôtel-de-Ville de Paris », et de « membre et professeur du Bureau académique d'écriture »; en cette dernière qualité, et non plus comme simple « agrégé », il figure déjà à l'*Almanach royal* de 1785 (5).

II

V. HAÜY ET LA BIBLIOTHÈQUE DU ROI.

C'est l'époque où la vocation de Valentin Haüy se révèle.
« Je vivois, a-t-il écrit lui-même, dans cette lettre publiée par

---

(1) Arch. nat., O¹ 609⁷.
(2) P. 544.
(3) P. 538. De même, les *Almanachs* de 1786 (p. 551), 1787 (p. 539), 1788 (p. 560), 1789 (p. 551), 1790 (p. 537), 1791 (pp. 512-513), et 1792 (p. 499).
(4) *Essai sur l'éducation des aveugles, par M.* HAÜY, *interprète de Sa Majesté, de l'Amirauté de France, et de l'Hôtel-de-Ville de Paris; Membre et Professeur du Bureau Académique d'Écriture, pour la lecture et vérification des Écritures anciennes et étrangères* (Paris, 1786, in-4°).
(5) P. 530. De même, les *Almanachs* de 1786 (p. 543), 1787 (p. 550), 1788 (p. 553), 1789 (p. 542), 1790 (p. 528), 1791 (p. 489), 1792 (p. 511) et 1793 (p. 343).

Maxime du Camp (1), je vivois du produit de mon cabinet, sous le règne de notre infortuné souverain feu Louis XVI, honoré que j'étois du titre de secrétaire-interprète du roi pour la traduction des langues étrangères et des écritures en caractères illisibles au commun des hommes, etc. etc. (sic), voulant en outre employer mes loisirs à quelque objet utile au soulagement et à la consolation de l'infortune (1782, mai 28). Un jour où la grande duchesse de Russie (aujourd'hui l'impératrice-mère) venait de passer sur le boulevard de la place Louis XV, avec le grand-duc, son époux, j'aperçus dans un café (2) dix pauvres aveugles, affublés d'une manière ridicule, ayant des bonnets de papier sur la tête, des lunettes de carton sans verre sur le nez, des parties de musique éclairées devant eux, et jouant fort mal le même air tous à l'unisson. On vendoit à la porte du café une gravure représentant cette scène atroce. Au bas de l'estampe étaient huit vers dans lesquels on se moquoit de ces infortunés. J'achetai cette gravure; et l'esprit encore frappé des regards bienveillants de la princesse Marie Féodorowna, je conçus le projet de secourir et de consoler les malheureux aveugles (1784). Il me vint dans l'idée d'imprimer des paroles et de la musique en relief sur du papier, pour les mettre à portée d'apprendre chacun sa partie par cœur à l'aide du tact.

« Je ne fus pas découragé par le premier obstacle qui se rencontra (le défaut de finances), secours si nécessaire dans une entreprise sujette à beaucoup d'avances pour faire des essais multipliés. Le produit de mon cabinet de secrétaire-interprète du roi ne me suffisant pas, je fis des emprunts. »

Les premiers résultats de sa méthode, expérimentée sur l'aveugle Le Sueur, furent tels, que la Société philanthropique n'hésita pas à lui confier l'éducation de douze pauvres enfants aveugles. L'Académie des sciences approuva ses « procédés. » « Les encyclopédies française et anglaise en firent mention au mot aveugles » (3).

De son appartement de la rue de Viarmes, devenu insuffisant, V. Haüy s'était, en 1784, transporté rue Coquillière, puis, en 1785, « dans un local plus favorablement disposé, situé rue

---

(1). Op. cit., pp. 370 et suiv.
(2). La foire Saint-Ovide se tenait alors sur la place Louis XV.
(3). Haüy, lettre citée par Maxime du Camp, op. cit., p. 372.

Notre-Dame des Victoires, en face de l'emplacement aujour-
d'hui occupé par la Bourse » (1).

Sa peu brillante situation financière, grevée par ses frais
d'éducation des aveugles, poussa V. Haüy, au moins autant que
sa propre ambition, à solliciter du gouvernement une fonction
plus rémunératrice que celle d'interprète du roi. Il demanda à
être attaché à la Bibliothèque.

Ce qu'était au juste cette place, nous le voyons par une lettre
de Lenoir au baron de Breteuil, du 26 mars 1787 :

... Vous savez que les interprètes ont été jusqu'à présent fort peu
utiles au bien de la Bibliothèque du Roy, qu'ils ne lui rendent aucun
service, et qu'on regarde de pareils titres, presque uniquement,
comme des récompenses en faveur d'hommes de lettres célèbres, et
instruits dans la connoissance des langues... (2).

Pourtant, c'est là qu'il faut chercher les origines de notre
École des langues orientales, puisque ces interprètes, qui pour la
première fois sont nommés sur l'*Almanach roya* de *l* 1723, et,
pour la dernière, sur celui de 1792, sont remplacés, en l'an II
et en l'an III, par quatre « sous-gardes des manuscrits » qui
s'effacent eux-mêmes, sur l'*Almanach* de l'an IV, devant les
« Cours des langues orientales », et, en l'an V, devant l' «École
spéciale de langues orientales vivantes », — « Cours » ou *École*,
pour lui donner son véritable nom, instituée, près la Bibliothèque nationale, par le décret du 10 germinal an III.

Dans un mémoire adressé à **De Villedeuil**, Valentin Haüy
exposait ainsi sa requête :

Le Sr Haüy, secrétaire-interprète du Roi, a l'honneur de représenter que depuis plusieurs années il a sacrifié son temps et sa fortune
à l'institution des aveugles, établissement formé par lui seul, adopté
depuis par la Société philanthropique, et dont il a encore la direction.
Les vues d'humanité qui l'ont animé, lorsqu'il a commencé à ses
frais l'éducation de quelques aveugles, ne lui ont pas permis d'ac-
cepter des honoraires toujours incompatibles avec une œuvre chari-
table, malgré les offres réitérées de la Société philanthropique.

D'après ces considérations, le Sr Haüy supplie très respectueuse-

_____

(1). P.-A. Dufau, op. cit., p. 7.—Cf. *Almanach royal* de 1784, p. 544; 1785,
p. 538. Celui de 1786, p. 551, indique encore la rue Coquillière. Ce n'est
que sur celui de 1787, p. 539, que V. Haüy est porté demeurant rue Notre-
Dame-des-Victoires.

(2). Arch. nat., O^1 699^7.

ment Monseigneur de Villedeuil de vouloir bien lui accorder la place d'interprète de la Bibliothèque du Roi, dont est pourvu le Sr Venture, qui vient d'être attaqué d'apoplexie, dans le cas de décès de ce titulaire : ou du moins sa survivance, dans le cas contraire... (1).

Ce mémoire était accompagné d'une lettre de recommandation du duc de Villequier, datée du 8 décembre 1788 (2), qui signale en outre « l'intérêt que Mme Necker prend au Sr Haüy ».

Mais la place de Venture, qui mourut le 12 mars 1789, était demandée par un second candidat. Lemoine écrivait au ministre, le 14 mars, que « deux personnes demandent la place vacante par la mort de Venture » (3). Il en nommait une : Zalkind Hourwitz; c'était un juif polonais, très versé en langue hébraïque. L'autre « personne » était sans doute Haüy.

Or, ce ne fut pas lui qui l'obtint. Le brevet de secrétaire-interprète de la Bibliothèque fut accordé, le 13 mai 1789, à Zalkind Hourwitz (4), et nous lisons dans « l'État des dépenses de la Bibliothèque pour 1786 » (5) :

Interprètes.

. . . .

Venture, jusques et compris le 12 mars qu'il est décédé. 159^{tt} 19^s 8^d
Zalkind Hourwitz, au lieu et place du sieur Venture,
pour le surplus des appointemens à raison de 800^{tt} par an. 640   4 »

III

V. Haüy et ses fonctions d'interprète, de 1789 a sa mort

V. Haüy dut ainsi se contenter de son titre de « Secrétaire-Interprète du Roi, » et du « produit de son cabinet. » Nous avons retrouvé, à l'Institution des aveugles, un reçu donné par Haüy au « citoyen Beaumarchais, » sans doute l'auteur du *Mariage de Figaro.*

(1). Arch. nat., O^1 609^7.
(2). Ibid. C'était le duc de Villequier qui s'était chargé de transmettre au roi une requête des élèves d'Haüy demandant pour leur maître le cordon de Saint-Michel (Haüy, lettre citée par M. du Camp, op. cit., pp. 371-372).
(3). Arch. nat., O^1 609^7.
(4). Id.
(5). Arch. nat., O^1 609^8.

Je soussigné, reconnois avoir reçu du *Citoyen Beaumarchais* (1) la somme de *trente sous* pour mes honoraires *de traduction d'une lettre.*

Dont quittance à Paris le *9 octobre 1792, l'an Ier de la Rép. Françoise.*

HAÜY.

Interprète [du Roi] (2) et de la Municipalité
à l'Institution des Enfans-Aveugles,
Port St-Paul, près l'Arsenal à Paris (3).

N. B. Messieurs les Banquiers, Négocians, Notaires et autres officiers publics sont priés d'envoyer leurs pièces à traduire, au Domicile indiqué ci-dessus, en ayant soin d'y joindre leur adresse. Ils voudront bien se servir de la Petite Poste ou d'un exprès, et mettre les dites pi[è]ces sous enveloppe et sous leur Contreseing, afin que le port n'en soit point à leur ·charge; elles seront reportées traduites avec célérité, et également franches de port.

On voit, sur ce document, que Valentin Haüy a supprimé son titre d' « interprète du roi. » L'*Almanach* de 1793 ne le mentionne plus en cette qualité, mais seulement, et pour la dernière fois, sous celui de « membre et professeur » du Bureau académique d'écriture (4).

Cette année-là, le nom de V. Haüy, que nous rapprochions tout à l'heure de celui de Beaumarchais, se trouve uni au nom d'un autre grand auteur dramatique, Carlo Goldoni.

En tête d'un exemplaire de l'*Essai sur l'éducation des aveugles*, exemplaire conservé à la Bibliothèque historique de la Ville de Paris sous la cote 5576.4°, sont reliées plusieurs pièces manuscrites. L'une est la traduction de l'acte de mariage de Goldoni (5), et cette traduction est signée par Haüy.

---

(1) Les mots écrits de la main d'Haüy sont ici reproduits en italiques. Tout le reste est une formule imprimée. Voy. le fac-simile ci-contre.

(2) Ces deux mots sont barrés.

(3) L'Assemblée nationale avait, le 28 décembre 1791, affecté en partie le couvent des Célestins à l'institution des aveugles qui, en l'an III, fut transférée dans la maison Sainte-Catherine, rue des Lombards (Dufau, op. cit., pp. 10sqq.)

(4) P. 343.

(5) L'original, en latin (Haüy dit : « l'original italien »; ce ne devait être qu'une première traduction), a été publié par E.-T. Belgrano, *Imbreviature di Giovanni Scriba* (Genova, tipogr. del r. instituto sordo muti, 1882, in-8°), p. 23. La traduction de V. Haüy fut peut-être faite à l'occasion et à la suite du vote de la Convention du 9 février 1793 accordant à la veuve de Goldoni une pension viagère de douze cents livres. Voy. J. Guillaume, *Procès-verbaux du comité d'instruction publique de la Convention nationale*, t. I, p. 356, note 3, et pp. 358 à 362.

N. 14628   L. 1ʳᵉ. 10

Je soussigné, reconnois avoir reçu du *Citoyen*

Beaumarchais ——————————

la somme de *trente sous* ——————

pour mes honoraires de *Traduction*

d'une ———— lettre ————

Dont quittance à Paris le *9 Octobre 1732*

L'an 1ᵉʳ de la Rep.

françoise   *Saūy*

Interprète ~~du Roi &~~ de la Municipalité
à l'Institution des Enfans-Aveugles,
Port S. Paul , près l'Arsenal à Paris.

———————————————

N B. Messieurs les Banquiers , Négocians , Notaires &
autres officiers publics sont priés d'envoyer leurs pieces à
traduire , au Domicile indiqué ci-dessus , en ayant soin
d'y joindre leur adresse. Ils voudront bien se servir de
la Petite Poste ou d'un exprès , et mettre les dites pieces
sous envelope & sous leur Contreseing , afin que le port
n'en soit point à leur charge ; elles leur seront reportées
traduites avec célérité , et également franches de port.

Je soussigné, l'un des interprètes de la République françoise, et ordinaire de la municipalité de Paris, certifie la traduction ci-dessus exacte et conforme à l'original italien ▷◁ de moi paraphé. En foi de quoi j'ai signé le présent à Paris le mardi 11 juin 1793 l'an deuxième de la République françoise une et indivisible.

HAÜY.

La Terreur ne paraît pas avoir inquiété Valentin Haüy. Sur l'*Almanach* de l'an II (1), il reparaît comme « Interprète assermenté, non attaché à la Bibliothèque, pour les langues italienne, espagnole, portugaise, anglaise, allemande et hollandaise ». Ci, trois langues de plus que sur les *Almanachs* de 1784 à 1792. Il n'y manquait plus que le russe! Encore y a-t-il de grandes chances pour qu'Haüy ait, pendant son séjour en Russie, comblé cette « lacune »...

Le Bureau académique d'écriture, qu'on a vu supprimé à la Révolution, l'avait été en même temps qu'une institution rivale, la « Société académique d'écriture, de vérification et d'institution nationale » (2). Ils avaient tous deux « pendant plus de deux ans.... interrompu leurs travaux. Aujourd'hui, lit-on dans l'*Almanach national* de l'an IV (3), la majorité des artistes qui les composoient se sont ralliés pour y substituer une institution nouvelle. Ils se sont associés (*sic*) un grand nombre d'artistes, de savants, de littérateurs et d'instituteurs déjà connus par des talents distingués, et viennent de se réunir sous le nom de *Société libre d'Institution et vérification d'Écriture, Arts et Belles-Lettres.* » On y retrouve, en effet, d'anciens membres du Bureau académique (4), et, parmi eux, Valentin Haüy.

En l'an VIII, son nom disparaît définitivement de l'*Almanach national* (5), où il figurait comme « interprète assermenté, non attaché à la Bibliothèque... ». Par une coïncidence qui n'est peut-être pas fortuite, c'est l'année où de nouvelles difficultés s'ouvrent pour lui : malgré toutes ses protestations, l'Institut

(1) P. 479.
(2) Voy. *Almanach royal* de 1792, pp. 515-516, et *Almanach national* de 1793, pp. 339 à 342. — Sur les démêlés du Bureau et de la Société, cf. Tourneux, *Bibliographie de l'histoire de Paris pendant la Révolution française*, t. III, n° 17.994.
(3) Pp. 467-468.
(4) Harger, Delile, Roberge, Chauvel, d'Autrepe (devenu Dautrepe), Duchosal, Oudard, Verron, etc. L'un des vingt-deux cours publics qu'ouvrit la nouvelle Société était consacré à l' « art d'écrire de la main gauche »!
(5) La Société libre d'institution... n'est mentionnée que dans le seul *Almanach* de l'an VI.

des aveugles venait d'être supprimé et rattaché aux Quinze-Vingts.

Pourtant, une lettre du 1er octobre 1805 (1) au préfet de la Seine est encore signée : « Haüy, inventeur de la manière d'instruire les aveugles, interprète du gouvernement et son pensionnaire. » Le mémoire, que nous citons plus haut, sur les « Moyens nouveaux propres.... à perfectionner le service du Télégraphe, » mémoire daté du 11 octobre 1805, est également signé : « Haüy, interprète impérial.... »

Mais, découragé de ne pouvoir rendre son autonomie à l'Institut des aveugles, Haüy accepta les offres d'Alexandre 1er d'aller à Saint-Pétersbourg créer un établissement semblable. Il partit le 2 mai 1806, et ne revint en France qu'en 1817. Déjà Louis XVIII avait, le 7 février 1815, séparé sa fondation de l'hospice des Quinze-Vingts (2).

Valentin Haüy mourut le 19 mars 1822. Nous ne sachons pas qu'il ait repris, pendant ses dernières années, son ancien métier d'interprète; il se consacra tout entier à l'éducation de ses aveugles, et, bien que ce soit à ce seul titre qu'il mérite l'attention et la reconnaissance de la postérité, toute la partie de son existence laissée jusqu'ici dans l'ombre par ses biographes n'était pas, nous croyons l'avoir montré, indigne d'être étudiée, au moins brièvement.

(1) Institut des aveugles: autographes d'Haüy.
(2) Elle fut transférée rue Saint-Victor, dans l'ancien séminaire Saint-Firmin, qu'elle quitta en 1844, pour s'installer dans le bâtiment actuel, boulevard des Invalides.

SAINT-DENIS

IMPRIMERIE H. BOUILLANT

20, RUE DE PARIS, 20